사실은 살고 싶었다

이자영 @jyouthlee

살려고, 노력하는 중입니다. 중증 우울증을 치료하며 겪었던 다양한 경험과 감정에 대해 씁니다. 규정된 삶 보다는 나의 삶을 살아가고 있습니다. 그 무엇이든 '나'로 돌아오는 걸 알고 있으니까요. 삶은 벅차지만 제 따뜻한 위로가 누군가에게 닿길 바랍니다.

추천의 말

지구불시착 김택수 @illruwa2

화요일에 죽고 싶지 않아요. 화초에 물을 주는 날입니다. 수요일은 글 쓰는 모임이 있어서, 목요일엔 목요일의 일이 있습니다. 화단에 심어 둔 다년생 식물, 비비추가 작년 보다 더 크게 자라고 있어요. 내년에는 더욱 볼만하겠네요. 어떤 사람에게는 눈부신 빨래를 바라보는 것과, 바짝 마른행주를 가지런히 정리하는 때도 살기 위해 치열하게 싸우는 순간이 될 수도 있습니다. 매년 불안 장애를 겪는 사람들이 급증하고 있습니다. 그들과 목소리를 섞는 일은 작게는 기쁨을 하나 선물하는 것이고, 어떤 의미로는 생명을 위한 일이 되기도 합니다. 우리가 이 책을 펼쳐 읽으면, 살기 위해 힘을 쥐어짜야 했던 그 사람에게 눈부신 위안이 될 수도 있겠습니다.

독자평

어가 @eoga._.b8k

누군가에게는 죽고 싶다고 말하는 것보다 살고 싶다
고 말하는 데에 더 큰 용기가 필요하기도 하잖아요.
작가님이 이 책을 통해 사실은 살고 싶었던 거라고 말
하기 위해서 얼마나 자주, 거듭 용기를 내셨을지 느껴
졌어요. 저는 우리가 스스로에게 던진 질문에 스스로
답을 찾아가는 여정이 곧 삶이라고 생각해요. 작가님
만의 그 여정 속 한 부분을 독자로서 함께 할 수 있어
정말 뜻깊었습니다.

이은진 @tammy.ejlee

우울증이 어려운 병인 건 아무도 이 병에 대해서 말을 하지 않고 쉬쉬하고 함구하고 그래서 그 실체를 아무도 모르기 때문입니다. 그래서 우울증 환자들은 어두운 터널에 갇힌 느낌이라고들 하죠

이 책은 우울증을 겪고 있는 사람들에게 위로가 될 것이며, 그들의 가족을 포함한 주변인들이 우울증을 이해할 수 있는 기회가 될 것입니다.

작가님이 멀지 않은 언젠가, 일어나 걷고 웃으며 뜀박
질할 수 있기를 바랍니다.

목차

prologue 01

삶과 죽음의 경계에서 나를 알아간다는 것

prologue 02

삶의 자취

치료의 시작

셀프 방임

질병 휴직

감정의 차단과 치료 관계

마포대교

내 존재와 의미

반항심

저를 포기해주세요

공공기관 퇴사

정신병원에서 쫓겨난 날

어둠 속 빛나는 가로등

대학병원으로 향하다

상담자의 부탁

사실은 저를 포기 안 하셨으면 좋겠어요

마음은 좀 어때요?

평생을 절룩거릴 아이

우리가 공유하는 상담의 목표

제가 찾는 게 정답이 될 것 같아요

시지프스 신화

선생님이 미워요

산다는 것과 살아내는 것 사이에서의 줄타기

파도에 스러지는 모래성

저는 절대 안 나아질 거예요

어두운 터널의 끝에는

나

epilogue
사실은 살고 싶었다

작가의 말

출판사 서평

prologue 01

삶과 죽음의 경계에서 나를 알아간다는 것

'정석적이고 올바른 삶'

지금까지 내가 살아온 삶이다.

나는 유년기 부모님의 이혼으로 큰 환경 변화를 겪었지만, 그 후로는 정말 평탄한 삶을 살았다. 학창 시절에는 항상 성실했고, 서울 상위권 대학에 쉽게 진학했으며, 졸업 후 공공기관 취업까지 성공했다. 작게라도 일탈을 한 적도 없고, 어른들의 말도 잘 들었으며, 교우관계도 좋았다. 그러니까, 객관적으로 봤을 때 내가 힘든 이유는 없었다.

하지만 취업 후 반년이 되기 전에 나는 죽고 싶었다. 극심한 불면과 청각 과민에 시달렸고, 일상생활이 힘들어질 정도의 심한 우울감이 지속되었다. 어느 퇴근길 나는 지나가는 버스에 충동적으로 뛰어들려 했고, 스스로에게 두려움을 느껴 정신과를 찾았다. 의사 선생님은 내가 휴직이 필요할 정도의 중증 우울증과 불안 장애를 겪고 있다고 하셨다. 나는 내가 왜 이렇게 힘든지 전혀 이해하지 못했다.

그렇게 치료를 시작했다. 매주 정신과에 다니고 약을 먹고, 전문 심리 상담도 받기 시작했다. 이런 것은 내가 살아온 '정석적이고 올바른 삶'과는 매우 다른 행동들이었다. 나는 문제가 있는 사람이 되어버린 것이다. 끊임없이 자책을 했고, 모든 것을 내 탓으로 돌렸다. 그러니까, 나는 사라져야 해.

지난한 치료 과정이 지속되었다. 여러 번의 자살시도가 있었고, 끝내 죽지 못한 내 모습을 보고 수차례 울음을 터트렸다. 이런 내 모습을 더 이상 감당하지 못한 첫 주치의가 병원에서 나를 쫓아낸 사건도 있었다. 그 후 나는 대학병원으로 전원 했고, 그 후에도 잦은 굴곡을 겪으며 치료를 이어나가고 있다.

또, 잘 다니던 공공기관을 퇴사하기도 했다. 무능력한 상사, 경직된 조직 문화 등이 나의 성향과 맞지 않아 스트레스가 심했고, 이는 내 치료에 전혀 도움이 되지 않았다. 결국 1년 반을 다니던 직장과도 이별했다.

이후 나는 '나'를 탐구하고 찾는 것에 집중하기 시작했다. 타인을 지나치게 생각하는 성향을 가진 나는 나를 먼저 생각하는 것이 정말 어려웠다. 그럼에도 서서히 내가 어떤 사람인지, 어떤 것을 좋아하고 싫어하는지, 사회가 정한 기준 말고 나의 삶의 기준은 무엇인지 등에 대해 생각했다.

내가 내린 첫 번째 결론은 결국 이 모든 것은 '사람'을 통해 치유할 수 있다는 것이었다. 내가 어떤 행동을 하든, 어떤 생각을 하든 나를 있는 그대로 바라봐 주시는 치료자들, 그리고 사랑하는 가족들, 친구들. 이 모든 사람들이 없었다면 나는 버티지 못했을 것이다.

또 다른 결론은 결국 인생에는 정답이 없다는 것이다. 나는 그저 내 삶을 살면 되는 것이었다. 정석적으로 살 이유 따위 없었다. 지금까지 살아온 삶의 틀이 무너지고, 나는 새로운 삶을 찾아가기로 했다.

우울증은 아직 완치되지 않았다. 여전히 매주 병원을 다니고 상담을 받고 있다. 앞으로 내가 걸어갈 길도, 그리고 나의 삶도, 매우 힘들고 지루한 과정일 것이다. 나는 여전히 삶과 죽음의 경계에 서 있다. 그럼에도 나는 내가 나를 포기하지 않을 거라는 것을 안다. 이 하나의 사실을 끌어안고 살아낼 것이다.

prologue 02

삶의 자취

엄마와 친아빠는 일찍 결혼을 했다. 엄마는 지금의 내 나이에 이미 아이 둘을 낳았었고, 분명 유쾌하지 않은 시집살이를 했을 것이다. 친아빠는 무능력하고 가부장 적이며 폭력적인 사람이었다. 나는 잘 기억이 나지 않 지만, 언니가 말하길 친아빠는 기분이 좋지 않을 때 물 건을 집어던졌다고 했다. 나는 이런 가정에서 둘째 딸 로 태어났다.

부모님은 내가 2살 때부터 별거를 시작했고, 나는 8살 때까지 엄마와 떨어져 경주 친가에서 살았다. 엄마는 젊은 나이에 삶의 기반을 만들기 위해 서울로 떠났고, 나는 그저 남겨졌다. 사실 유년기의 기억은 거의 남아 있지 않다. 너무 힘든 시절이라 기억을 잃은 건지, 내가 기억을 떠올리는 것을 거부하는 건지 모르겠다.

나는 사랑받지 못하고 쓸모없는 아이였다. 누구도 나에게 관심이 없었고, 대부분의 시간을 홀로 보냈다. 친아빠는 경제적으로 무능한 사람이었지만, 할머니는 그런 아들을 탓하지 않았다. 나는 물질적으로도, 정서적으로도 차별받는 아이였고, 외로움을 인지하지도 못한 채 외롭게 지냈다. 집은 나에게 항상 불편한 공간이었다. 하루 종일 혼자 있는 곳.

"저 길을 잃었어요. 여기가 어딘지 모르겠어요." 그 시절에는 지금처럼 부모님이 등하굣길을 함께하지도 않았고, 존재 자체로 미움받는 나는 더욱 혼자였다. 어느 날 길을 잃었을 때 나는 집에 전화를 했다. 큰아빠가 전화를 받았고, 그는 나를 데리러 오며 화를 냈다. 나는 일곱 살 아이였고, 길을 잃었다는 사실 때문에 혼이 났다.

경주에서의 기억은 이게 전부이다. 내 인생의 첫 8년 동안 기억조차 못 하는 사이에 내 성격이 형성되었다. 덕분에 나는 모든 것을 홀로 해결하고 타인을 신뢰하지 못하는 어른으로 자라났다. 내가 무언가를 할 수조차 없던 시기 때문에 내가 지금 힘들다는 건 정말 억울한 일이다. 그러니까, 이것이 이유가 아니면 좋겠다. 그냥 다 내 탓이었으면 좋겠다.

9살이 되자 나는 서울로 올라와 엄마와 함께 살기 시작했다. 엄마는 사업을 했고, 일을 하느라 항상 바빴다. 매일 밤늦게 집에 들어왔고, 언니와 나도 각자 학원에 다니느라 함께 있는 시간이 적었다. 사실 이때도 잘 기억이 나지 않는다. 여전히 나는 혼자였고, 항상 버림받을 것 같은 불안에 휩싸여 있었다. 내가 실수하면, 내가 잘못하면 엄마가 나를 버릴 거야. 나는 뭐든 잘 해야 하고, 미움받으면 안 돼.

초등학교 때 1년 동안 호주로 유학을 다녀왔다. 나는 언어에 재능이 있는 아이였고, 영어를 빠르게 습득했다. 하지만 교우관계에는 서툴렀다. 홈스테이 특성상 많은 아이들이 있었지만, 나는 그들과 잘 어울리지 못했다. 그리고 이 사실을 누구에게도 티 내지 않았다. 혼자인 것이 익숙했기 때문에, 나는 공부에만 열중했다.

한국에 돌아온 후 중학교에 입학했다. 중고등학교 때는 공부를 한 기억이 대부분이다. 엄마는 조기교육에 관심이 많았고, 나는 각 과목별로 과외를 받으며 공부했다. 학업적으로는 정말 풍족한 지원을 받았다. 불행인지 다행인지 나는 공부를 못하는 학생은 아니었고, 결국 별 힘듦 없이 원하는 대학의 학과에 합격했다. 나는 참 성실한 학생이었다. 이때는 교우관계도 좋았고, 리더십도 있었다. 반장을 3년 내내 했고, 전국 토론대

회에 학교 대표로 나갔으며, 직접 동아리를 만들어 운영했다. 무엇이 나를 일반적으로 살게 했는지는 잘 모르겠다. 이렇게 나는 꽤 괜찮은 10대를 보냈다.

고등학교 때 하루는 집에서 펑펑 운 적이 있다. 왜 울었는지 기억은 나지 않지만 꽤 서럽게 울었던 것 같다. 하지만 아무도 나를 달래주지 않았다. 엄마는 그럴 때도 있는 것이라며 하던 일을 계속했다. 누구도 나에게 이유를 묻지 않았고, 누구도 내 마음을 신경 써주지 않았다. 그리고 나는 그 사실에 익숙해져갔다.

성인이 된 후에는 학업, 여행 등으로 바빴다. 다양한 경험을 쌓았고, 내 전공을 사랑했으며, 정서적으로도 무난한 나날을 보냈다. 번아웃이 잠깐 찾아왔지만, 죽고 싶다는 생각 같은 건 하지 않았다.

20대 중반이 되고 취업 준비를 시작했다. 내 꿈은 외교관, 소설가, 여행작가였다. 하지만 나는 공기업 준비

를 시작했다. 사람들이 좋아하니까, 특히 엄마가 좋아
할 테니까. 안정성은 내 인생에서 별로 중요한 요소가
아닌데, 나는 타인의 생각을 내 것인 양 착각하고 안정
성을 가진 직장을 택했다. 인턴을 하고 공부를 하고 결
국 취업에 성공했다.

취업 후 반 년이 되기 전에 죽고 싶었다. 처음에는 직
장 스트레스 때문이라고 생각했다. 하지만 문득 잊고
있던 기억이 떠올랐다. 20대 초반까지 나는 어렸을 때
함께 지냈던 친가 사람들과 교류를 지속해왔다. 언니
와 내가 둘 다 대학에 입학했을 때 할머니가 말했다.
"너희 이제 다 컸으니까 우리 용돈 줘야지." 그리고 뒤
이어 나에게 말했다. "어릴 때 너는 둘째이고 딸이라
입양 보내려 했어." 그들은 이것이 재미있는 농담인
양 소리 내어 웃었다. 내가 무슨 표정을 지었던가 생각
해 보니, 따라 웃었던 것 같다. 차라리 입양을 보내지
그랬냐는 말이 입안을 맴돌았지만, 나는 웃었다. 물론
그 후로 친가와는 일절 연락을 끊었다.

지금의 나는 어릴 때의 기억, 감정을 잊지 못해 이토록 힘들어하는 걸까? 정말 그런 것이라면 너무 억울하다. 그리고 내 잘못이 아님에도 내 잘못이라고 생각하는 나 자신이 너무 밉다.

하고 싶은 것도 없고 살기도 싫다. 사람들과의 관계도 피상적으로 맺고 있으며, 아무도 신뢰하지 못한다. 내가 힘들면 안 될 것 같고 주변에 민폐만 끼치는 것 같다. 가끔은 나를 해치고 싶고 내가 사라지면 좋겠다고 생각한다. 그러니까, 이건 다 내 탓이어야 한다. 내 탓이어야 내가 해결할 수 있으니까.

치료의 시작

우울증을 진단받은 후 맞닥뜨린 가장 현실적인 문제
는 나의 아픔을 가족들에게 알려야 한다는 사실이었
다. 당시 엄마는 수술을 받은 후 요양병원에 입원 중
이었는데, 나는 날이 서늘해진 가을날 저녁 엄마를 찾
아갔다. 웬일로 여기까지 왔냐는 엄마의 물음에는 딸
이 찾아온 것에 대한 기쁨이 섞여 있었던 것 같다. 안
좋은 소식을 알리러 간 나로서는 굉장히 미안해지는
순간이었다. 차마 쉽게 입을 떼지 못하고 병원 주변을
오랜 시간 산책했다. 그리고 엄마를 카페로 데리고 갔

다.

"엄마, 나 요즘 너무 힘들고 죽고 싶어서 정신과를 찾아갔어. 우울증이랑 불안장애가 많이 심하대. 휴직을 해야 할 정도래."

이 말을 마친 순간 주체할 수 없을 만큼 눈물이 쏟아졌다. 엄마가 나를 싫어할까 봐 무서웠다. 나는 착한 딸이어야 하는데. 이러면 안 되는데. 힘들다는 말 한마디를 꺼내기가 그렇게 괴로웠다.

엄마는 다음날부터 바로 심리상담사를 수소문했고, 결국 지인을 통해 선생님을 추천받았다. 우리는 빠르게 상담 일정을 잡았다. 처음 상담실에 들어갔을 때의 기억은 아직 뚜렷하다. 나는 주눅이 들어 있었고, 선생님은 나를 파악하기 위해 많은 질문을 던지셨다. 성장과정, 가족관계, 직장, 성격, 현재 증상 등. 내가 말을 하지 않고 일부러 넘어가려 한 포인트를 구체적으로 짚

으서서 괜히 전문가가 아니구나 하는 생각도 들었다.

나는 내 앞에 앉아 있는, 처음 보는 타인이 굉장히 신경 쓰였다. 선생님은 그 사실을 눈치채신 건지 천천히, 편하게 말을 하라고 하셨다. 하지만 나는 "어떻게 눈앞에 앉아 있는 사람을 신경 안 써요?"라고 되묻고선 선생님의 반응 하나하나에 민감하게 반응했다. 이렇게 첫 상담이 끝났다. 선생님은 내 우울의 정도가 경증이 아니라고 하셨다. 또 본인에 대해 본인도 잘 모르고 실제 모습과 외부에 보이는 모습의 갭이 큰 것 같다고 하셨다.

이 말을 듣고 나는 여전히 자책을 했다.
나는 얼마나 망가져 있는 걸까.
나는 얼마나 이상한 사람인 걸까.
이런 마음을 가진 채 나의 본격적인 치료가 시작되었다.

셀프 방임

상담 초반에 선생님은 종종 나에게 그림을 그리게 했다. 하루는 내가 꾼 악몽에 대해 그려보라 하셨고, 나는 엘리베이터 안에 있는 내 모습과 그런 나를 쫓아오는 누군가를 그렸다. 그림 속의 나는 엘리베이터 구석에 웅크리고 앉아 있었다. 선생님은 그림에 대해 설명해 보라 하셨다.

"엘리베이터 안의 전등은 꺼져 있었어요. 그리고 저는 이렇게 구석에 있어요."

"그 모습이 어때 보여요?"

나는 한참을 고민하다 대답했다.

"외로워 보이네요."

"외로움을 드러내고 싶지 않으시거나 엄청나게 숨기고 싶으신 것 같아요. 그래서 매사에 밝게 행동하시고."

나는 아무 말도 하지 않았다. 선생님은 다시 말을 꺼내셨다.

"근데 이 아이가 갇혀 있잖아요. 내 마음에 갇혀 있고, 삶에 갇혀 있어. 어떻게 하면 좋겠어요?"

고민할 필요도 없는 질문이었다.

"그냥 내버려둬도 될 것 같아요. 어디로 갈지 모르잖아요."

"어디로 갈지 몰라서 계속 갇혀 있으라고 할까요? 방임이신 것 같은데. 내가 나를 방임하는 것."

"저 자신이잖아요. 셀프 방임은 죄가 아니죠."

나는 웃으며 내가 나를 방임하는 것은 죄가 아니라고 말했다. 반쯤은 농담으로 말한 것이었지만 선생님의 표정은 진지했다.

"넌 그냥 거기 있어. 넌 벌받고 있어. 넌 그래야 마땅해. 이렇게 들리기도 해서."

"뭐 어쩌겠어요."

내 대답을 들은 선생님은 마술을 보여준다 하시고선 펜을 들어 그림 속 엘리베이터의 벽 한 면을 없애버리

섰다.

"벽이 없어졌네요. 이제 어디로 갈까요?"

그림을 한동안 바라보았다. 벽이 사라져도 내가 갈 곳은 어디에도 없는 것 같았다.

"안 가면 안 돼요? 밖에도 어두워서…"

밖의 어둠 속으로 나아가고 싶지 않았다. 나가기를 거부하는 나를 보고 선생님은 내가 원한다면 그 안에 있어도 된다고 말씀해 주셨다.

차라리 나를 방임하기로 택한 것은 내 생존 방법이었다. 나는 중요하지 않은 사람이야. 쓸모없는 사람이야. 그러니까, 구석에 혼자 웅크리고 있자.

나도 언젠가는 나를 믿고 이 공간에서 한 걸음 나아갈

수 있을까?

질병 휴직

나는 공공기관에 다니고 있었다. 내가 다닌 회사는 소규모여서 우울증으로 질병휴직을 사용한 사례가 단 한 건도 없었다. 첫 정신과 진료 때부터 휴직을 권유받은 나는 수없이 고민했다. 내가 쉬어도 될까? 회사에 소문이 다 날 텐데. 또 우울증은 나약한 사람이 걸리는 것이라고 보는 사회적 시선과도 맞서 싸워야 했다. 오랜 시간 고민하다 나는 결국 3개월 동안 휴직을 하는 무모한 선택을 했다.

휴직을 결정한 이유는 많았지만, 확신을 갖게 된 건 수면제를 과다 복용하고 환각을 경험한 뒤였다. 치료자들에게는 죽을 의도는 아니었고 쉬고 싶었다고 말했지만, 사실은 죽고 싶었던 게 맞았다. 나에게는 정말 휴식이 필요했던 것이다. 회사를 포함해 모든 외부 스트레스를 차단하고, 나를 먼저 챙기기로 했다. 회사에 병명이 오픈되는 것은 신경 쓰이지 않았다. 당장 내가 죽을 것 같으니까. 나는 더 이상 버틸 수 없었다.

회사를 쉬는 동안 치료를 집중적으로 받고, 새로운 약물을 시도했으며, 여행을 다니기도 했다. 하지만 나의 우울은 여전히 나아지지 않았다. 여행지에서도 끊임없이 자살충동에 시달렸고, 종종 환각을 경험했으며, 자살 시도를 했다. 휴직은 임시방편일 뿐이었다. 회사는 내 우울의 일부 이유이긴 했지만, 나의 우울의 전부가 아니었다.

감정의 차단과 치료 관계

의사선생님과 상담 선생님에게 공통적으로 들은 나의 특성은 내가 나에 대한 말을 할 때 남 얘기하듯 말을 한다는 것이다. 예를 들어 생각에 대해 말할 때 "저는 이렇게 생각해요."가 아닌 "저는 이렇게 생각하는 것 같아요."라고 추론적으로 말하기, 또 힘듦을 표현할 때 "아마 제가 힘든 것 같아요."라고 간접적으로 언급하기 등이 있다. 이런 내 특성을 두고 상담 선생님은 내가 나 자신과도 거리 두기를 하는 것 같다고 언급하셨다.

의사선생님은 내 화법이 불안할 때 불안하다고 말하지 못하고 심장이 두근거린다고만 말하는 방식이라고 하셨다.

마음을 이야기하지 못하고 증상만을 나열하는 것. 이렇게 감정을 차단하고 내 힘듦을 감추는 것은 내 생존 방식이었다. 누구에게도 애정을 받지 못했던 어린 시절부터 감정을 드러내는 것은 힘든 일이었다. 내 감정은 중요한 것도 아니었고, 그저 숨기고 혼자서 처리해야만 하는 것이었다.

상담 선생님은 내가 내 감정을 알아차리고 그것을 말로 표현할 수 있을 때까지 기다려주시는 분이다. 특히 상담을 시작하고 첫 1년 동안은 "아무 생각이 없어요.", "모르겠어요.", "저는 괜찮아요."와 같은 말들을 반복하곤 했는데 그럴 때마다 선생님은 인내심 있게 나를 기다려주셨다. 그리고 내가 어떤 감정을 표현하든 그걸 존중해 주셨다.

반면 내 첫 주치의는 달랐다. 의사선생님은 내 말을 듣고 이해하기보다는 주로 나를 판단하곤 했다. 자영씨는 어떠한 사람이고, 어떻게 해야 한다는 등의 화법을 주로 사용했다. 내 감정을 잘 모르는 나로서는 그저 선생님의 말이 맞는 줄 알고 고개를 끄덕일 수밖에 없었다. 나는 1년 반이 넘는 시간 동안 무비판적으로 의사 선생님의 말을 받아들였다.

그러자 진료에 균열이 생기기 시작했다. 나는 진료 시간 내내 내 마음을 더욱 꽁꽁 숨겼고, 의사 선생님을 신뢰하지 못했다. 나는 치료를 시작하기 전보다 더 강해진 자살 충동을 가지고 첫 병원을 떠났다. 나 자신을 알지 못하는 것도 마찬가지였다.

여전히 나는 내 감정을 차단하는 것에 익숙하다. 그럼에도, 요즘은 가끔 궁금해진다. 타인을 믿고 내 감정을 솔직히 얘기하며 사는 삶은 어떨까?

나도, 가보지 못한 길로 용기 있게 한 발을 내디뎌도

될까?

마포대교

어느 여름날 죽으러 마포대교에 갔다.

택시를 타고 근처에 내린 후 무작정 걸어서 다리 쪽으로 향했다. 그리고 도착한 마포대교. 생각보다 높은 펜스가 쳐져 있었다. 사람들이 오고 가고 있었고, 나는 앞에 있는 벤치에 앉아 해가 떨어지길 기다렸다. 아무 생각도 들지 않았다. 그 순간 내가 느낀 건 안정감이었다. 이제 죽을 수 있다는 안정감. 세상과의 단절.

그러다 문득 소음이 귀를 때렸다. 저 건너편에 앉아 있는 사람들의 소음. 저마다 친구들, 연인들과 모여앉아 이야기를 하고 있는 사람들. 순간 나는 현실로 돌아왔다. 그리고 억울해졌다. 한강변에 앉아 있는 수많은 사람들이 부러웠다. '좋겠다, 살고 싶어서. 저 사람들도 힘든 게 있겠지만 지금 당장 물에 빠져 죽고 싶다는 생각은 안 하겠지?' 나도 모르는 사이에 눈물이 흘렀다. 그리고선 한참을 더 강물 앞에 앉아 있었다.

핸드폰이 울렸다. 친구에게 전화가 왔고, 나는 친구의 연애 고민을 들었다. 진심으로 친구의 이야기를 들어준 후 조심스레 입을 열었다.

"나 지금 마포대교야."

잠깐의 침묵이 흐르고 친구는 당황한 것 같기도, 조금은 화가 난 것 같기도 했다. 눈물이 터져 나왔다. 죽고 싶어서 마포대교에 왔다고, 어떻게 해야 할지 모르겠다고. 친구는 일단 응급실에 가라고 나를 설득했고, 나는 결국 병원으로 향했다. 병원 앞에서도 한참을 울었다. '나 따위가 이런 일로 병원에 가도 될까?'라는 생각이 지배적이었다. 이렇게 오늘은 살아냈지만, 내일을 버틸 수 있을까?

아직도 가끔 생각이 나곤 한다. 어둡고 탁했던 한강 물이. 그리고 그럴 때면 항상 그날 전화한 친구의 얼굴이 떠오른다. 그 전화가 나를 살렸다는걸, 너는 알고 있을까?

내 존재와 의미

심리 상담 시간에는 종종 존재론적인, 실존적인 이야기가 오갔다. 보통 내가 삶의 무의미함과 그로 인한 자살충동을 호소하며 대화를 시작했다.

"제 존재 자체는 의미가 되지 못하는 것 같아요, 제가 이룬 것들, 그리고 앞으로 하고 싶은 목표들 또한 삶의 궁극적인 의미가 되지 못해요. 이렇게 다 없애고 나면 결국 남는 건 나 자신밖에 없잖아요. 근데 그 또한 의미가 되지 못해요."

"존재가 의미의 근원이 되지 않을 수 있어요. 자영씨 안에서 찾거나 떠올리는 게 내가 살아야 될 이유나 정당성의 근거일 수 있어요."

선생님과 나는 내가 찾는 의미에 대해 정의하려 노력했다. 그리고 결국 의미를 덩어리가 큰, 형이상학적인, 영구적인 어떤 것으로 정의했다. 의미가 없어서 죽겠다는 나. 그리고 내가 찾는 의미는 없을 수도 있다고, 또 의미는 스스로가 정의하는 것이라고 하시는 상담 선생님.

이후로도 우리는 자주 의미에 대해 다루었는데, 최근 상담 시간에는 선생님이 이렇게 말씀하셨다.

"저는 자영씨에게 의미를 만들어주고 싶어요. 비록 나한테 없어도, 자영씨에게 정말 그게 필요하면 만들어주고 싶고 찾아주고 싶어요. 위로해 주고 싶고 힘이 되어주고 싶어요. 그게 있다면 고통이 줄거나 죽고 싶어지는 게 덜할 수 있으니까."

그리고선 선생님은 내가 하고 있는 것들에서 조금씩
이라도 의미를 찾아보라고 하셨다. 글을 쓰는 것, 타인
에게 위로를 전하는 것, 공부를 하는 것 등. 이제 조금
은 알 것 같다. 내가 찾아왔던 손에 잡히지 않는 의미
만 추구하기보다는, 현재 내가 이루어내고 있는 것들
에 집중해 내야 하는 것을. 그 또한 의미가 될 수 있음
을. 그럼에도 나의 의미 찾기는 계속될 거지만 말이다.

반항심

내 첫 주치의는 진료 때마다 숙제를 내주곤 했다. 보통
특정 주제에 대해 글을 써오라고 하셨는데, 어느 날은
갑자기 반항심이 생겼다. 그래서 진료실에 들어가자마
자 숙제를 안 해왔다고 말하고선 가만히 있었다.

"저 다 그만하고 싶어요."

"뭘 그만하고 싶어요?"

"치료받는걸요."

내 말을 들은 선생님은 살짝 인상을 찌푸리시더니 설명을 이어나가셨다.

"자영씨는 치료를 뭔가 이상해서 받는다고 생각해요? 집에 도우미가 오는 거랑 똑같은 거예요. 내가 할 일을 누가 도와주는 것일 뿐, 비정상적인 상태는 아니에요. 자영씨는 보면 본인 상태를 비정상이라고 생각하는 것 같아요. 이건 성장 과정이에요. 애들이 엄마 말 안 듣고 이런 과정들이 다 지나가야 되잖아. 우리가 지금 그걸 리뷰하고 있는 거 아니었어요?"

나는 책상 끝만 바라볼 뿐, 아무 대답도 하지 않았다. 선생님은 한숨을 쉬셨다.

"의사들이 가망이 없는 병을 절대 붙잡고 늘어지지 않아요. 그런데 환자가 포기하려 할 때는 치료를 이어가요. 우리는 나아질 게 눈에 보이는데 환자는 지금 아프니까 눈에 안 보이는 거거든. 근데 이 고비만 넘으면 살 것 같으니까 끌고 가는 거예요. 반항을 마음껏 해보

세요. 자영씨가 어린 시절에 사고뭉치 시절을 안 겪고 넘어갔잖아요. 그런데 사고를 쳐봐야 성인인 내가 저지르는 실수들을 이해할 수 있어요. 어쩌면 그 과정을 너무 건방지게 뛰어넘었을 수 있어요."

의사 선생님의 다소 직설적인 말투가 귀에 들어왔다. 나는 가만히 고개만 끄덕였다. 이때의 나는 보통 선생님의 말을 듣기만 할 뿐 내 이야기를 거의 하지 못했다. 내가 진료실로 가지고 온 반항심은 표출되지도 못한 채 조각처럼 흩어졌다. 항상 그랬듯 선생님의 설명과 잔소리만 듣고 진료실을 나왔다. 무언가 막힌 것처럼 서러웠다.

저를 포기해주세요

나는 구체적인 자살 계획을 세워둔 상태였고, 내가 죽기 전에 모든 인간관계를 끊고 싶었다. 그리고 비겁하게도 나 스스로 그 역할을 하기는 싫었다. 상담 시간 내내 말을 아끼다가 결국 하고 싶었던 말을 내뱉었다.

"선생님이 저를 포기하시면 좋겠어요."

그리고 이 말을 하자마자 후회를 했다. 선생님과의 관계가 나의 이 말 한마디로 정말 끊겨 버릴까 봐. 정말 모순적이게도, 위에 쓴 글과 달리 나는 선생님이 나를 포기하지 않길 원했다. 하지만 내가 이 말을 해버렸으니 이제 선생님도 날 포기하시겠지?

하지만 내가 예상했던 반응과는 사뭇 다른 대답이 돌아왔다.

"싫어요. 자영씨도 이유 싫어하잖아요. 저도 싫어해요. 저도 이유 없어요. 포기하지 않을 거고 붙잡고 있을 거예요."

선생님의 대답을 듣고 나는 아무 말도 하지 못했다. 상담실을 빠져나와 펑펑 울었다. 마음속에 꽁꽁 숨어 있던 어떤 감정의 응어리가 풀려나가는 느낌이었다. 한편으로는 선생님이 주시는 안정감이 두려웠다. 나는 혼자여야 하는데, 다른 사람을 믿어봤자 또 버림받을 텐데.

공공기관 퇴사

퇴사를 결정했다.

나의 첫 정식 직장이었다. 합격 연락을 받았을 때 기쁨의 눈물을 흘렸고, 설레는 마음으로 첫 출근을 했다. 하지만 회사 생활을 하며 나는 점차 시들어갔다. 중증 우울증이 발병했고, 치료를 위해 휴직도 했지만 나의 병은 나아지지 않았다. 나는 여전히 자주 죽고 싶었고, 점점 지쳐갔다. 회사가 나를 아프게 만든 주원인은 아니었지만, 마치 99% 차 있던 컵에 물 한 방울이 떨어져 100%를 만들어낸 것처럼, 나에게 맞지 않는 회사 생활은 나를 한계치로 몰아냈다. 나는 나를 지키고 싶었고, 그래서 퇴사를 결정했다.

주변 사람들의 반응은 대체로 비슷했다. 정년 보장이 되는 안정적인 직장을 그만두는 것에 대해 걱정을 표하는 사람도 있었지만, 대부분은 나를 응원해 주었다. 그렇게 나는 본격적으로 '나의 삶'을 살기 시작했다.

퇴사를 한 궁극적인 이유에 대해 고민했다. 사회적으로 내게 주어진 다음 목표인 재취업, 결혼 등을 수행하기는 싫었다. 나에게는 정신적인 쉼이 필요했다. 일상을 내가 하고 싶은 것들로 꾸려나갔다. 평일에 늦잠을 자고 자유롭게 글을 썼으며, 유튜브 채널을 운영했다. 작은 학원에서 학생들을 가르치기 시작했고, 취미생활도 꾸준히 했다. 사회가 원하는 스물아홉 살의 정석적인 모습이 아니었지만, 나는 퇴사 전보다 훨씬 정서적으로 안정되어갔다.

퇴사를 하면 곧 우울증이 완치될 거라고는 생각하지 않았다. 퇴사한 지도 1년이 넘었는데 나의 치료는 현재 진행형이다. 하지만 이것은 굉장히 의미 있는 한 걸음이었다. 내가 살면서 처음으로 '사회가 바라보는 나'가 아닌 '있는 그대로의 진정한 나'를 위한 선택을 한 것이기 때문이다. 나는 앞으로 내가 무엇을 하고 살아갈지, 어떤 가치관으로 삶을 살아갈지에 대해 끊임없이 고민하고 있다. 가장 중요한 것은 나만의 삶의 의미를 찾는 것이다. 그것이 사소한 것이든, 일시적이든 영구적이든, 나는 나만의 답을 찾아나갈 것이다.

정신병원에서 쫓겨난 날

치료 2년 차, 항우울제와 수면제 감약을 시작했다. 하지만 나는 여전히 매우 힘든 마음을 가지고 있었다. 진료 시간에 선생님에게 자살 충동이 자주 든다고 말했지만, 선생님은 내가 충동을 스스로 컨트롤할 수 있을 거라고 말하셨다. 그리고선 한 달 뒤에 다시 오라고, 자영씨는 이 시간을 이겨낼 수 있을 거라고 말씀하셨다. 무언가 잘못된 것 같았다.

그렇게 충동을 컨트롤하지 못한 나는 수면제를 먹고

죽을 계획을 세웠고, 결국 2주치 수면제를 한 번에 삼켰다. 가장 큰 이유는 삶에 대한 무의미함이었다. 나는 그날 정말 죽으려 했다.

하지만 다음날 아침에 결국 깨어났고, 다시 병원을 찾았다. 선생님은 내 행동을 자살시도로 보시고선 이틀 치 약을 추가로 처방해 주셨다. 나는 집에 돌아오자마자 그 이틀 치 약을 한 번에 먹고 또 잠에 빠져들었다.

내 행동을 보신 선생님은 굉장히 화가 난 말투로 더 이상 치료를 못해준다고, 진료실에서 나가라고 하셨다. 여전히 극심한 자살충동을 겪고 있는 환자를 병원에서 내쫓으셨다. 1년 반이나 만난 환자인데, 진료 의뢰서 한 장 써주지도 않고 내보내셨다. 나는 큰 충격을 받은 채로 병원을 빠져나왔다.

횡단보도를 걸으며 생각했다. '내가 지금 차에 치여 죽으면 선생님이 조금은 후회하실까?' 잠시 서서 달리는 차들을 바라보았다. 정말 죽어도 될 것 같았다. 나는 정신병원에서도 감당 못하는 사람이라는 생각에 매몰되었고, 의존하던 치료자와의 관계가 한 번에 끊겨버린 것은 감당하기 힘들었다.

이렇게 나는 1년 반 동안 치료받던 의사선생님과 갑작스레 이별했다. 사람을 믿었던 대가는 처참했고, 내가 얻은 건 의사에 대한 불신과 심해진 자살충동이었다. 나는 다시는 같은 실수를 반복하지 않기로 했다. 이제 아무도 믿지 않고 혼자 해결하는 거야.

어둠 속 빛나는 가로등

상담 시간에 나의 감정을 말하는 것은 항상 어려운 일이었다. 특히 그것이 부정적인 감정이라면 더욱. 겨우 기분이 안 좋았다는 말을 꺼내자 선생님은 그 안 좋았던 기분에 대해 구체적으로 물어보셨다. 나는 잠시 생각하다가 대답했다.

"설명을 못하겠어요."

선생님은 조금은 단호하게 말씀하셨다.

"못 하더라도 한번 해봐요. 이제는 자영씨가 말로, 언어로 설명해 줘도 될 것 같아요."

"… 아무 이유가 없는데 슬퍼져요."

선생님은 내가 우울해질 때, 서글퍼질 때 마음속에 뭔가 있는지 물어보셨다. 그리고 그것을 이미지나 감각으로 표현해 보라고 하셨다. 나는 그것을 '정사각형의 흰색 방'이라고 표현했다.

"제가 그 안에 갇혀 있어요."

작은 정사각형의 흰색 방에 갇혀 있는 나. 그러니까, 그 공간은 나에게 마음의 감옥 같은 곳이었다.

"자신에게 한번 물어볼래요? 왜 들어갔는지."

나는 또 비협조적인 내담자가 되어 대답을 거부했다.

아무 생각도 나지 않는다고 대답을 회피해버렸다. 선
생님은 다시 물어보셨다.

"내가 그 방 안에 들어갔잖아요. 그게 나를 어떻게 만
들어요?"

"아무 것도 못 하게요."

"그럼 자영씨는 어떨 때 거기 들어가요?"

"혼자 있을 때요."

"자주 혼자 있잖아요."

"그렇죠."

"그 안에 들어가면 뭐가 좋은데요?"

"혼자 있을 수 있잖아요."

"그러네요. 삶이 복잡하고 잘 모르겠고 혼자 있고 싶을 때 그 안에 들어가는 거네요. 괜찮아요. 그래도 돼요. 지금 자영씨는 그 안에 있어요, 밖에 있어요?"

나는 침묵했다.

"얘기하기 꺼려지나 보네요. 그 안이 편하고 익숙한 면이 있을 것 같아요. 그래도 잠깐 나와서 볼까요? 나와서 약간 거리를 두고. 그 공간의 느낌이 어떤지 말씀해 주세요."

"밖이 엄청 어두워요. 그게 무서워요."

선생님은 무섭다는 내 대답을 듣더니 말씀하셨다.

"거기 흰 점 하나만 찍어볼래요? 상상으로. 가로등이

켜지잖아요. 그런 것처럼 등을 하나만 켜볼래요?"

"그 점이 멀리 있어요."

"멀리 느껴지는구나. 혼자예요?"

"네, 혼자예요."

"그게 어때요?"

"… 그냥 혼자 있으면 돼요."

나는 어차피 혼자이니까, 날 이해해줄 사람은 영원히
없을 테니까. 나는 그냥 혼자 있겠다고 대답했다.

"혼자 있는 게 편안할 때도 있으니까 그렇게 해요. 그
런데 멀리 있는 빛을 볼까요? 멀리 있지만 빛의 느낌
이 어때요?"

나는 잠시 고민하다가 좋은 느낌이 든다고 대답했다.

"좋네요. 자영씨가 좋아하는 영국이나 아일랜드인가?"

선생님은 내가 좋아하는 장소들을 예시로 드셨지만, 나에게는 그 빛이 선생님으로 느껴졌다. 민망해서 말을 하지는 않지만, 어둠 속에서 나를 붙잡는 누군가가 있다면 그건 분명 상담 선생님일 것이다. 선생님은 뒤이어 말씀하셨다.

"이건 좀 상징적이에요. 자영씨가 우울하고 무기력해질 때의 모습을 상징적으로 그려봤어요. 밖은 어둡고 깜깜하고, 빛 하나 없고, 무섭고 외롭고 그러겠죠. 근데 우리는 밤에 빛 하나 정도는 찍는 게 필요해요. 산다는 게 그런 것 같아. 그래서 하늘에도 별이 있잖아요. 어두우면, 빛을 보세요."

그래, 허망한 세상에서 나에게 필요했던 건 따뜻한 빛

한줄기였을 지도 모른다.

대학병원으로 향하다

다니던 병원에서 쫓겨난 나는 친구의 추천을 받아 다른 병원에서 초진을 보았다. 동네에서 오래 진료를 봐오고 있던 작은 병원이었는데, 그곳의 의사 선생님은 나와 면담을 진행한 후 여기서는 치료가 불가능하다고 말씀하셨다. 내 우울증은 정도가 심해서 로컬 병원에서는 봐주기 힘들 것 같으니 대학병원으로 가라고. 그 말에 또 절망감을 느낀 나는 병원을 나와 하염없이 거리를 걸었다. 마음을 가라앉히고선 추천받은 대학병원에 전화를 걸었다. 다행히 바로 예약이 잡혔고, 나는 결국 대학병원으로 향했다.

나는 다시는 의사를 믿지 않기로 결심한 상태였고, 새로 만날 선생님에 대한 기대 또한 하나도 없었다. '그냥 약 처방이나 잘 해주면 좋겠다'라는 마음을 가지고 진료실에 들어갔다.

처음 만난 선생님은 차분한 인상을 가지고 있었다. 선생님은 먼저 내가 먹던 약을 체크하더니 병원에 오게 된 이유부터 물어보셨다.

"제가 자꾸 수면제 과량 복용을 해서 다니던 병원에서 그만 나오라고 하셨어요."

나는 다소 건조한 말투로 대답했다. 여러 질문과 대답이 오갔고, 나는 선생님을 파악하기에 바빴다. 비록 다시는 의사를 믿지 않겠다고 다짐했지만, 당시의 나는 매우 불안정한 상태였기에 의존할 대상이 필요했다.

그러니까, 솔직히 이 선생님은 이전 의사와는 다르기를 바랐다. 대화가 오가던 중 선생님이 치료 방향에 대한 질문을 던지셨다.

"자영씨는 이제 치료를 어떻게 받고 싶어요?"

이 질문에 쉽게 대답하기 힘들었다. 기존 병원 의사는 수평적 관계에서 치료 과정을 의논해나가지 않는 일방적인 의사였고, 그렇기 때문에 지금까지 내가 어떻게 치료를 받고 싶은지는 중요하지 않은 문제였다. 나는 의사에 대한 신뢰 문제에 대해 언급했고, 선생님은 그 문제와 함께 내 마음이 우울할 때 어떻게 반응하는지 이해하는 게 중요할 것 같다고 하셨다.

진료실을 나와 몇 개의 검사를 진행했다. 진료가 끝나니 여러 생각들이 들었다. 내가 앞으로 치료를 잘 받을 수 있을지, 선생님을 다시 믿을 수 있을지. 그럼에도 나는 한 발짝 나아갔다. 마음 깊은 곳에 숨겨둔 치료 의

지를 꺼내 스스로 병원을 다시 찾았고, 나 자신을 버리

지 않기로 마음먹었다. 이것만으로도 충분히 힘을 낸

것이다.

상담자의 부탁

심리 상담 과정이 항상 순탄하기만 했던 것은 아니다. 내 마음은 자주 불안정했고, 그럴 때마다 나는 선생님과 거리를 두려 했다.

어느 날 술을 많이 마시고 바람을 쐬러 옥상에 올라갔다. 밤은 어두웠고, 나는 우두커니 서서 건물 아래를 내려다보았다. 떨어지고 싶었다. 길가의 불빛들이 나를 부르는 것 같았고, 나를 막아설 장치는 아무것도 없었다. 그 위험한 순간 떠오른 건 상담 선생님과의 약속이었다.

"죽고 싶어지는 순간에는 반드시 연락을 해주세요."

이 말을 반복적으로 하시던 선생님은 내가 이런 순간을 맞닥뜨릴 것을 예상하셨을까. 슬퍼졌다. 슬펐던 이유는 내가 죽으려는 순간 내 마음속에 떠오르는 사람이 있다는 사실이었다. 한참을 서 있다가 집에 돌아와 선생님에게 메시지를 남겼다.

"선생님, 저 상담을 그만둘래요."

내 안전장치를 내 손으로 끊어버리고 마음 편히 죽고 싶었다.

다음 상담 시간에 선생님은 말씀하셨다.

"지쳤으면 좀 쉬어요. 쉬었다 해요. 근데 포기하지는 않았으면 좋겠어요. 무리한 부탁인가?"

나는 가만히 있었다. 선생님은 다시 말씀하셨다.

"무리인 거 알아요. 무리지만 받아들여 주세요. 그래도 상담자의 부탁이니까."

나는 오랫동안 침묵하다가 고개를 끄덕였다.

사실은 저를 포기 안 하셨으면 좋겠어요

죽으려고 약 6일 치를 한 번에 삼킨 날이 있었다. 그 정도 양이면 죽지 못한다는 걸 경험으로 알고 있었지만, 그래도 나는 죽고 싶었고 내가 할 수 있는 건 약을 많이 먹는 것뿐이었다. 상담실에 찾아가 말했다.

"다음날 안 깨어나고 싶었어요."

이 한마디를 뱉고 침묵을 택했다. 내 앞에 앉아 있는 선생님을 포함해 가족, 친구들까지 모두 나를 그냥 내

버려뒀으면 했다. 내가 죽든 말든 신경 쓰지 않고, 나에게 희망을 주지 않았으면 했다. 나의 우울은 심해와 같아서 모두를 끌어들여 함께 익사해버릴 것 같았다. 그러니까, 나 혼자 사라지고 싶었다.

내가 아무 말도 하지 않자 선생님이 한숨을 쉬셨다.

"제가 어떻게 해줄까요? 신경 쓰는 것도 싫고 솔직하게 얘기하기도 싫고. 제가 자영씨에게 해줄 수 있는 게 없어서 무력감이 들어요."

또 오랜 시간 정적이 흘렀다. 나는 선생님의 이 말이 곧 나를 포기하는 것처럼 느껴졌고, 그저 상담실을 나가고 싶었다. 떨어지지 않는 입을 열어 겨우 한마디 내뱉었다.

"선생님이 아무것도 안 하셨으면 좋겠어요. 예전에는 약을 많이 먹을 때 당연히 내일은 깨어나겠지 하는 생각으로 약을 먹었는데, 이번에는 처음으로 진짜 안 깨어나고 싶었어요. 그리고 그 사실이 별로 무섭지도 않았어요. 이제 이유도 없어요. 그냥 죽어야 끝날 것 같아요."

이 말을 하며 울었던 것 같다.

"어떻게 죽고 싶어요?"

선생님은 물음을 던지셨고,

"아무도 없는 데서."

나는 대답했다.

"아무도 필요하지 않군요. 근데 나는 어떻게 해줄까요? 상담자로서, 인간으로서, 어떻게 해줄까요?"
이것은 선생님이 내게 주신 마지막 기회 같았다. 내가

여기서도 선생님을 놓아버린다면 관계가 끝나겠지. 내가 정말 그걸 원하는 걸까? 나는 내 마음속 깊은 물음을 애써 무시하고 대답했다.

"저를 포기해 주셨으면 좋겠어요."

선생님의 눈을 더 이상 바라보지 못했다.

이후 무슨 얘기가 오갔는지는 기억나지 않는다. 내가 지금 무슨 말을 해버린 거지? 하는 생각이 머릿속을 가득 채웠고, 나는 결국 울면서 진심 어린 한 마디를 내뱉었다.

"선생님, 사실은 저를 포기하지 않았으면 좋겠어요."

선생님은 이렇게 대답하셨다.

"저는 포기 안 해요. 그래서 지금 이러고 있는 거예요.

그런데 저는 자영씨가 잘못되거나 죽는 게 두려워요. 지금은 좀 위험해 보이거든요. 그래서 마음속에 있는 사소한 거라도 저에게 말씀을 해주셔야 돼요."

내 마음은 엉킬 대로 엉켜 내가 무슨 감정을 느끼는 지도 알지 못했고, 그저 선생님에게 죄송한 마음만 들었다. 나 같은 내담자는 없는 게 나을 거야.

온 세상이 어둡게만 보였고, 그 사이에서 빛을 찾아내는 건 너무나 힘겨운 일이었다.

마음은 좀 어때요?

대학병원에서 새로 만난 주치의 선생님은 내가 겪고 있는 증상뿐 아니라 내 내면의 마음에도 집중하시는 분이었다. 처음에는 잘 적응이 되지 않았다. 병원 진료실에서 마음을 털어놓는 것은 나에게 익숙하지 않은 행동이었기 때문이다. 그래서 진료 초반에는 자주 모르겠다거나 생각해 본 적 없다는 등의 대답을 하곤 했다.

나는 선생님을 만나면서 자주 약물 과다 복용을 했고,

자살 충동으로 응급실에 간 적도 있었다. 이전 병원을
다닐 때는 내가 이런 행동을 하면 혼이 나곤 했는데,
새로운 선생님은 달랐다.

"지금 좀 눈치를 보시는 것 같은데, 이건 자영씨가 힘들
었던 일이지 제가 혼낼 일은 아니잖아요?"

선생님은 내가 그런 행동을 한 이유를 찾고 그 마음을
이해하는 것에 집중하셨다. 매주 병원을 다니며 나는
천천히 선생님에게 마음을 열었다.

"그래서 자영씨, 마음은 좀 어때요?"

처음에는 이 질문을 들었을 때 머릿속이 새하얘졌다.
마음이라면 어떤 걸 얘기해야 하는 거지? 나도 내 마
음을 잘 모르는데 선생님은 무슨 대답을 원하시는 거
지? 솔직하게 얘기해도 되나? 이런 생각들만 들었고,
정작 내 마음을 표현하는 건 정말 어려운 일이었다. 어

느 날 선생님은 이렇게 말씀하셨다.

"제가 치료를 하는 것도 중요하지만 자영씨의 마음이 더 중요한 거잖아요. 자영씨는 나는 좋은 환자여야 한다는 마음이 스스로를 오래 괴롭혔을 것 같아요."

사실은 맞다. 나는 진료실에서 나의 힘든 면을 숨기고 괜찮았다고, 잘 지냈다고 말하는 것에 익숙한 사람이었다. 지금의 선생님을 만나고 이 패턴을 끊는 것에 꽤 오랜 시간이 걸렸다. 진료가 1년쯤 지속되자 조금씩 확신이 생기기 시작했다. 이제 이 공간에서 내 마음을 솔직히 표현해도 되겠구나. 그건 잘못된 게 아니구나. 그러니까 나는 한 걸음 더 나아가기로 했다. 나의 감정을 온전히 받아들이고 인정해 보기로 했다. 이 결심은 나의 치료 과정에서 큰 전환점이 되었다.

평생을 절룩거릴 아이

나는 2023년 8월, 내 생일에 죽을 계획을 세운 상태였다. 이 시기의 나는 스스로를 챙기기는커녕 그저 숨만 붙이고 살아 있는 것 자체에 모든 에너지를 쓰고 있는 상태였다. 지금까지 살기 위해 발버둥 쳐봤지만 그럴 때마다 돌아오는 건 한 층 더 깊어진 어둠이었고, 나는 항상 그 속으로 빨려 들어갔다. 세상은 내가 살 곳이 아니었고, 나는 그저 사라질 날만 기다리고 있었다.

상담 시간에 나는 아무 말도 하지 않고 사이에 놓인

테이블 끝만 바라봤다. 선생님과 눈을 마주치기도 싫었고, 얼른 상담을 끝내고 싶었다. 선생님은 잠시 나를 바라보시더니 입을 열었다.

"제가 옛날에 길을 가다가 어떤 엄마가 아이에게 자꾸 넘어진다고 화를 내는 걸 봤어요. 아이들이 그럴 수 있잖아요. 그 아이가 어른이 되어서 그 기억은 잊어버릴 수 있겠지만, 자기가 왜 아픈지도 모르면서 평생을 절룩거리겠지. 평생을. 그런데 아이는 자기 잘못이라고 생각하겠지. 자영씨가 그러고 있는 거라면 어떻게 할 건데요?"

선생님이 아이에 빗대어 나를 묘사하신 것 같았다. 스스로를 돌보지 않고 자책만 하는 아이. 힘든데 힘들다고 표현도 못 하는 아이. 나는 유년기에 제대로 된 돌봄을 받지 못했고, 결국 도움을 요청하지 못하는 어른이 되었다. 내 감정을 표현하고 도움을 요청하면 상대가 날 떠날 것 같다. 그러니까 나는 모든 걸 혼자 감내

해야 했다. 숨이 막힐 정도로 울면서 밤을 지새울 때도, 감정을 이기지 못해 자해를 할 때도, 나는 항상 혼자였다. 그 사실이 괴로웠지만, 사람들이 나를 싫어하는 것보다는 나았다. 나는 완벽해야 했고, 행복한 척해야 했다. 그래야 버림받지 않으니까.

"선생님, 저는 태어난 것 자체가 잘못이었어요."

울면서 말했던 날이 있다.

"자영씨, 자기를 차별하지 않았으면 좋겠어요. 자신을 막 대하지 않았으면 좋겠어요. 자영씨는 저에게는 중요해요. 자신을 학대하거나 방임하지 말고 조금만 관심을 가져봤으면 좋겠어요."

상처받은 아이는 평생을 절룩거리겠지. 하지만 그 옆에 단단한 지지대가 있다면, 언젠가는 일어나 걸어갈 수 있을까?

우리가 공유하는 상담의 목표

선생님과 내가 합의한 상담의 목표는 다음과 같다.

"죽고 싶다는 생각이 사라질 때까지, 그리고 환경이 어떻게 바뀌더라도 저 스스로 극복할 수 있는 어떤 중심이 있었으면 좋겠어요."

선생님은 본인이 바라는 것도 똑같다고 말씀하셨다. 그러니까, 이 두 가지는 우리가 함께 공유하는 상담의 목표가 되었다. 나는 예전보다는 굉장히 많이 발전했다. 내 가치관과 생각들에도 많은 변화가 생겼고, 처음보다는 내 이야기도 잘 하게 되었으며, 아무리 힘들어도 이 시기가 지나갈 거라는 확신도 생겼다. 반년 전, 1년 전의 나와 비교해 보면 변화가 생겼음을 느낀다. 선생님은 말씀하셨다.

"제일 좋은 건 내가 원하는 삶을 살려고 하는 거죠. 때때로 잘 모르고 불확실하겠죠. 하지만 그걸 찾으려고 하면 돼요. 그리고 고통을 버티는 힘. 이게 지나가고 나면 다른 삶이 있을 거라고 느끼는 것. 자영씨가 자기 삶을 잘 살아갔으면 좋겠어요. 그게 상담의 목표이기도 하고, 치료의 목표이기도 해요."

그래, 나를 믿고 앞으로 나아가 보자.

제가 찾는 게 정답이 될 것 같아요

더운 여름날의 상담 시간이었다. 인간의 자유 의지, 인생의 의미, 생명의 가치 등에 대해 이야기를 나누다가 내가 이 한 마디를 꺼냈다.

"선생님, 인생의 의미가 뭐가 됐든 제가 찾는 게 정답이 될 것 같아요."

이 말을 들은 선생님은 뿌듯한 표정으로 나를 바라보셨다.

가끔은 수없이 흔들리지만, 이 삶의 주체는 나 자신이다. 인생의 의미를 찾지 못해 죽을 거라고 하던 내 모습, 그 속에서 끝없이 울고 자책하고 후회하던 내 모습이 떠올랐다. 그리고 그럼에도 기어이 의미를 찾아 다시 한 걸음 나아가는 나 자신. 인간은 얼마나 모순적인 존재인가. 또 얼마나 무한한 가능성을 가지고 있을까. 그러니까, 나만의 의미를 찾아내자.

시지프스 신화

일주일 만에 돌아온 진료 시간이었다.

"다들 어떤 마음으로 사는지 잘 모르겠는데 저는 하루
하루가 너무 힘들어요. 아침에 일어날 때부터 잠들 때
까지 끊임없이 버텨야 되고 끊임없이 살아내려고 노
력해야 해요. 이렇게 버티느니 그냥 끝내는 게 낫지
않을까요? 죽는다는 건 잠깐의 고통만 견디면 그냥
죽는 거잖아요. 그래서 앞으로 살아갈 날들의 고통을
감수하면서까지 굳이 살아야 할까 의문이 들어요."

내 말을 들은 선생님은 시지프스 신화가 생각난다고 하셨다. 나도 고개를 끄덕였다. 끊임없이 돌을 들어 올리는, 결코 고통에서 벗어날 수 없는 그 모습.

"죽음을 적극적으로 추구하는 건 아닌데, 그냥 죽어도 상관없겠다는 마음이에요. 그래도 여기 병원에 꾸준히 다니는 것 자체에서 최소한의 노력은 하고 있다고 생각해요."

"맞아요, 사실 힘든 노력이죠. 그러니까 자영씨 마음 안에도 잘 살고 싶은 마음이 있어 보여요."

"있긴 한데요, 그 방법을 모르는 거죠."

삶을 밝고 긍정적이게 사는 방법을 모른다. 그러니까 내가 할 수 있는 건 하루를, 한 시간을 겨우 버텨내는 것뿐이다.

선생님이 미워요

어느 겨울날 상담 시간에 한참을 침묵하다가 말했다.

"오늘 상담은 진짜 오기 싫었어요."

선생님은 그래도 와줘서 고맙다고 대답하셨다. 짜증
이 났다.

"벌써 상담을 받은 지 2년이 되었어요."
"2년이 됐죠. 미안해요. 이렇게 오래 상담할 줄은 몰랐어요. 겨울이 올 줄 몰랐나요? 여름이 오면 겨울 생각이 들어요. 겨울이 오겠지. 마음속으로는 겨울이 올 걸 알고 있죠.

"네, 겨울이 오겠죠. 근데 지금은 선생님이 너무 미워요."

나는 다짜고짜 선생님이 밉다고 했다. 선생님은 차분히 이유를 물어보셨고, 나는 대답하지 않았다. 내가 아무 말을 하지 않자 선생님이 다시 말씀하셨다.

"알겠어요. 말하지 마요. 알고 있어요. 말하지 않아도 알고 있어요. 겨울이 올 걸 모를 리 없잖아. 그렇듯이 알고 있어요."

결국 나는 선생님에게 내 마음을 말하지 못했다. 선생님은 알고 계신다고 하셨지만, 정말 알고 계실까 의문이 들었다. 선생님이 미운 이유는 이 관계가 나에게 소

중한 관계가 되어버렸기 때문이다. 나는 여전히 죽고
싶은데, 선생님이 그걸 막는 방해물처럼 느껴졌기 때
문이다.

미운 관계는 유쾌하지 않아.

집에 와서 한참을 울었다.

산다는 것과
살아내는 것 사이에서의 줄타기

진료실에 들어가 내가 본 연극 〈고도를 기다리며〉에
대해 이야기했다.

"연극을 보면서 슬펐어요. 대사 중에 이런 대사가 있거
든요, 인간은 언젠가 태어나고 언젠가 죽는다고. 그 대
사가 귀에 들어왔어요. 어차피 끝이 정해져 있는데 그
속에서 뭔가를 찾아 헤매는 것 자체가 부조리하다는
생각이 많이 들었어요."

"어차피 죽을 건데 지금 내가 하고 있는 것들이 어떤 의미가 있나, 이런 생각이 드시나 봐요."

나는 긍정했다.

선생님은 다시 말씀하셨다.

"잘 살고 싶은데 어느 순간 사는 것과 살아내는 것 사이에서 줄타기를 하는 것 같이 느껴지기도 해요. 그 사이에서 균형을 잡는 게 쉽지만은 않잖아요."

이 부조리한 삶을 살아낸다는 것. 결국에는 끝이 있다는 사실을 인지하고 어떻게 삶을 살아가야 할까?

파도에 스러지는 모래성

나는 다소 무미건조하게 말했다.

"선생님, 저는 여전히 죽고 싶어요. 제정신으로 사는 게 더 힘들어요. 어떤 느낌이냐면요, 바닷가에 모래성을 쌓잖아요. 근데 바다에는 항상 파도가 치잖아요. 내가 얼마나 열심히 하든 간에 파도가 치면 항상 리셋되는 느낌. 제가 얼마나 열심히 버티든 간에, 뭔가를 하려고 하든 간에, 다시 이렇게 우울감이 찾아오면 아무것도 못하고 죽음으로 결론이 나요. 그래서 굉장히 허무했

어요.¨

그러니까, 삶은 항상 무의미로 돌아온다는 것을 받아
들이기 힘들었다.

모래성 말이야, 파도에 지워진다고 해도 그 흔적은 남
아 있을까? 그래도 열심히 쌓았는데. 조금이라도 나의
노력이 남아 있을까?

저는 절대 안 나아질 거예요

내가 나를 감당하지 못할 정도로 힘든 나날들이 지속되었다. 내가 죽지 않고 존재하는 것 자체에 온갖 에너지를 끌어 쓰고 있어서 더 이상 버티기 힘들 때. 매번 울지 말자고 다짐하고 진료실에 들어가지만 이날은 울음을 참기 힘들었다.

"비행기를 타서 난기류를 만나면 심장이 쿵 하고 내려앉잖아요. 그 느낌이 24시간 지속되는 거예요. 그리고 좀 억울한 생각이 들었는데, 아무리 생각해 봐도 제가 이렇게 죽고 싶을 만큼 힘들어야 할 이유가 없는 것 같은데. 억울해졌어요. 차라리 제가 나쁜 사람이라면 논리적으로 이해가 가잖아요. 근데 그건 아닌 것 같은데. 그래서 그냥 내가 없어져야 끝나겠구나 싶었어요."

오랜 정적이 흐르고, 나는 다시 말했다.

"저는 절대 안 나아질 거예요. 그런 확신이 들었어요. 저는 절대 안 나아질 것 같아요. 지금 당장이라도 죽어버리면 좋겠어요."

어떤 말도, 어떤 위로도 나를 살리지 못할 것 같았다. 나는 많이 지쳤고, 내가 할 수 있는 건 아무것도 없었다.

어두운 터널의 끝에는

터널 속을 지나고 있다. 터널의 끝에는 출구가 있을 수도 있고, 그 끝이 막혀 있을 수도 있다. 나는 정답을 알지 못한 채 어두운 터널을 걸어간다.

자주 주저앉아버린다. 혼자서 울고 걷는 걸 포기하려 한다. 그럴 때마다 누군가가 나를 잡아준다. 그 누군가의 존재를 깨닫는 데 오랜 시간이 걸렸다.

그 끝에 무엇이 있든, 터널을 걸어가는 그 순간의 소중

함을 느끼길 바란다. 나는 혼자가 아니다.

나

결국 가장 중요한 건 나 자신이었다. 내가 살기에 세상이 존재하는 것이고, 내가 죽으면 온 세상이 끝나는 것이다. 이 기나긴 치료 과정에서 내가 직시해야 할 건 그 무엇도 아닌 나 자신이었다.

지금까지 살아오면서 내가 가장 경시했던 것도 나 자신이었다. 내가 나를 가장 미워했고, 나를 알아봐 주지 않았다. 세상에 휩쓸려 살아가며 온전한 나를 찾지 않았다. 그건 내 잘못이라고.

그러니까 앞으로는 그러지 않을 것이라고. 똑바로 나를 찾아갈 것이라고. 그 과정이 너무나 힘겨울지라도 결코 포기하지 않을 거라고.

epilogue

사실은 살고 싶었다

사실은 살고 싶었다.

작년 봄, 대학 시절 좋아했던 교수님을 뵈러 학교에 간 적이 있다. 교수님과 이런저런 대화를 나누는데 교수님이 말씀하셨다. "자영아, 너는 살고 싶은 거 아닐까? 삶에 대한 미련이 뚝뚝 떨어진다." 그 당시에는 이 말을 이해하지 못했다. 너무 우울해서 죽고 싶다는 얘기를 하는 중이었는데, 왜 이렇게 말씀하시지?

지금은 그 말씀이 조금 이해가 간다. 교수님의 눈에는 삶에 대한 미련이 잔뜩 있는 한 청년이 보였을 것이다.

말로는 죽고 싶을 만큼 힘들다고 하면서, 이 세상을 포기하지 않겠다는 의지 또한 보셨을 것이다. 나는 사실 그 누구보다 살고 싶었을 지도 모른다. 너무 잘 살고 싶어서 죽고 싶었던 것이다.

이제 이렇게는 살기 싫다고, 삶을 이어나갈 거라면 제발 잘 살게 해달라고.

내 고통을 마음껏 인정하고, 그 고통을 기반으로 성장하게 해달라고. 그리고 종내 삶을 택하게 해달라고.

작가의 말

지금까지 글을 쓰며 가장 보람찼던 순간은 독자들이 제 글을 보고 위로를 받았다고 말해주실 때였습니다. 그래서 책을 출판하기로 마음먹은 후 제 글의 방향성에 대해 오랫동안 고민했습니다. 누구를 위해 이 책을 쓰고 있는 걸까 생각해 보니 이 글을 보실 분들이 가장 먼저 떠올랐습니다. 단 한 분의 독자에게라도 위로와 연대를 전달하고 싶었습니다. 그래서 그 어느 때보다 저를 솔직하게 표현하려 노력했습니다.

마음이 힘든 건 잘못이 아닙니다. 비록 세상의 시선이 부정적일지라도, 우리가 최선을 다하고 있음은 변치 않는 사실입니다. 그리고 우리는 결코 혼자가 아닙니다. 독자분들과 저는 글로, 말로, 또 마음으로 연결되어 세상을 이루어나갈 것입니다.

제 솔직함이 글을 읽는 모든 분들에게 잠시나마 위로가 되길 바랍니다.

출판사 서평

이자영 작가는 우울증으로부터 벗어나기 위해 심리 상담을 받고 정신건강의학과에서 진료를 받으며 담담하게 자신의 이야기를 써 내려갑니다. 이 에세이는 우리에게 많은 이해를 심어줍니다.

전등이 꺼진 엘리베이터 안에 있던 작가님이 정사각형의 흰색방에 갇힌 것 같다고 할 때 이미 우울로부터 한 걸음 멀어진 것이 아닐까 그런 생각이 들었습니다.

그리고 그 흰색방 너머 바깥은 어둡다는 글에서는 자

신이 있는 곳이 너무 밝아 상대적으로 바깥이 어둡게 느껴지는 것은 아닐까, 한 걸음만 내디디면 그곳은 어둠이 아니었음을 깨닫기 충분한 조건에 있지 않을까 그런 생각도 해봅니다.

글을 읽다 보면 어느새 드는 생각은 죽고 싶다는 말은 어쩌면 살려달라는 애원일지도 모르겠다는 것입니다. 이자영 작가님의 글에서도 알 수 있지만 누구보다 잘 살고 싶어서, 살아내고 싶어서 그런데 그 방법을 몰라서 결국 죽음을 입에 담지만 사실은 누구보다 살고 싶은 것이겠지요.

이자영 작가의 '사실은 살고 싶었다'는 우울증을 앓는 사람으로 하여금 결국에는 살아낼 수 있다는 희망을 주는 책입니다.

이 책을 읽는 우울증을 앓는 분들이 우울이라는 어둠에 갇혀있다면 그것은 끝이 있는 터널이고 포기하지 않고 걷다 보면 세상으로 나아갈 수 있다고 깨닫게 되기를, 결국 세상으로 나올 수 있다고 믿고 멈추지 않기를 바랍니다.

이자영 작가님의 말처럼 이 책을 읽는 사람들이 위로를 받고 삶을 이어가기를 바랍니다.

사실은 살고 싶었다

초판1쇄 2024년 5월 1일
  3쇄 2024년 6월 12일

지은이 이자영
펴낸이 이소한
펴낸곳 보노로

독자 모니터링 어가, 이은진
표지 일러스트 만자기

출판등록 2024. 1. 2 제2024-000002호
전자우편 bonoro.books@gmail.com
인스타그램 hi.bonoro

ISBN 979-11-986267-2-1 (02810)
© 이자영, 2024 Printed in korea

결국 가장 중요한 건 나 자신이었다. 내가 살기에 세상이 존재하는 것이고, 내가 죽으면 온 세상이 끝나는 것이다. 이 기나긴 치료 과정에서 내가 직시해야 할 건 그 무엇도 아닌 나 자신이었다.

값 12000 원
02810

9 791198 626721